繪本

窗邊的小荳荳 2

文 黑柳徹子

圖 岩崎知弘

譯 林真美

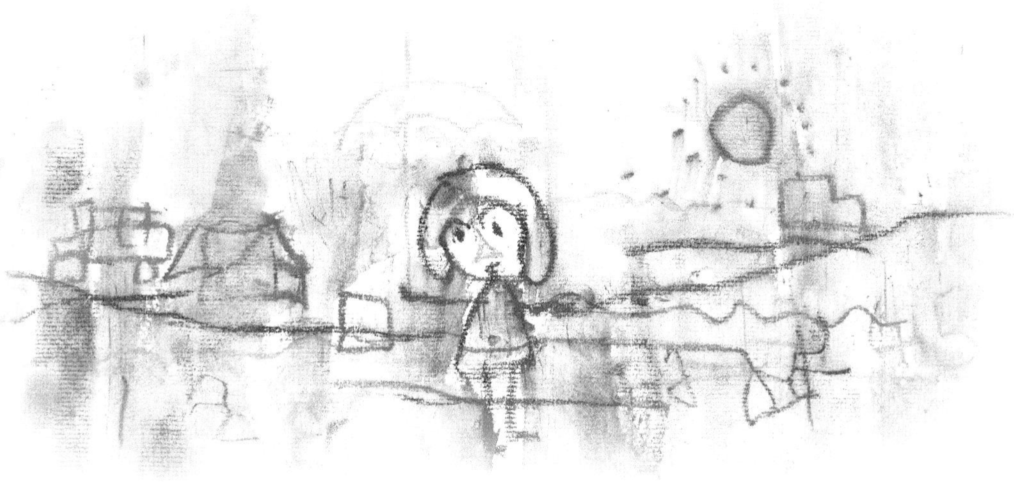

目次

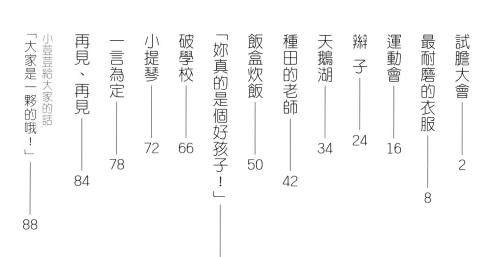

試膽大會

有一天，校長對大家說：
「今晚要在九品佛寺辦『試膽大會』，
想當鬼的，請舉手！」
有七名左右的男孩搶著舉手，
結果，都成了扮鬼的人。
傍晚，每個人準備好扮鬼的衣服和裝扮，
躲在九品佛寺的不同角落。
剩下三十名左右的小孩，
每五人一組，從學校出發。
他們打算繞九品佛寺和墓園一周，

再回到學校。
「如果害怕，
中途想要回學校也可以哦！」
校長向大家說明。
夜晚的寺廟，雖然有月光照著，
還是讓人覺得好恐怖、好恐怖。
只要看到風吹樹動，就有人發出尖叫聲。
只要腳踩到軟軟的東西，
就會有人大叫「鬼來了！」
到最後，他們甚至都開始擔心，
和自己手牽手的同伴，
會不會也是鬼啊!?

小荳荳那一組，決定不到墓園那一帶。
回到學校，才曉得大家因為害怕，
都沒走到墓園。
就在這時，一名用白布套住頭的男孩，
哭哭啼啼的被老師帶進校門。
那孩子等半天都等不到有人去墓園，
結果自己愈來愈害怕，便在路邊哭了起來。
接著又有一名扮鬼的男孩和一名男孩哭著回來。
原來扮鬼的男孩好不容易等到有人走進墓園，
正要跳出來嚇人，卻和這名跑過來的男孩撞個正著，
兩個人一邊哇哇大哭，一邊一起跑回學校。
所有的人都笑翻了，扮鬼的人也邊哭邊笑。

這時，用報紙套住頭扮鬼的右田同學回來了。他說：

「太過分了，我一直在等大家呢！」

右田一邊說，一邊猛抓被蚊子叮的手腳。

「鬼被蚊子咬了！」

聽到有人這麼說，大家全都笑了。

「看來，我得去把其他的鬼找回來。」

丸山老師說完，就走了出去。

沒多久，就帶回了還在路燈下睜大眼睛準備嚇人的鬼，

以及因為害怕，自行偷溜回家的鬼。

經過了那次夜晚，巴氏學園的學生，

再也不怕鬼怪了。因為，他們曉得，

鬼怪的膽子也很小。

最耐磨的衣服

校長老是說：

「請穿最耐磨的衣服來學校，

就算是沾滿泥巴，或是弄破了也沒關係。」

所以，巴氏學園的小孩，

一向不在乎自己的衣服，他們只曉得盡情的玩耍。

小荳荳最喜歡的遊戲，
是鑽過人家的竹籬巴，
或是從草原的圍籬下方通過。
大部分的籬笆，
都用有刺的鐵絲
圍繞在柵欄的周邊，
孩子們稱它為「鐵絲網」。
如果想從底下鑽過，就必須用頭抵住鐵絲網，
挖一個洞以後，再爬過去。
有一天，小荳荳穿著一件洋裝，
因為被尖尖刺刺的鐵絲鉤到，
從她的背脊到屁股的地方，

一共有七個破洞。

小荳荳拚命想了各種不實的理由，

回到家，她對媽媽說：

「剛才我走在路上，有一群小孩，

朝我的背射飛刀，所以破成這樣。」

沒想到，

媽媽只是回答：

「唉呀，真慘啊！」

不過，

媽媽也趁機問了

之前就一直想要問小荳荳的問題。

「我可以理解妳的衣服被刀或其他東西弄破，
可是，為什麼每天你的內褲也是這裡破那裡破的呢？」
小荳想了一下，說：
「那是因為我鑽籬笆的時候，
每次一定都是裙子先被鉤到，
出來時，就輪到屁股了，
我在籬笆底下來來回回喊著『打擾了』和『再見』，
所以內褲就被刮破了！」
媽媽聽不太懂，但覺得有些好笑：
「妳這樣，很好玩嗎？」
「媽媽要不要也試試看？保證好玩。
而且媽媽的內褲也會破哦!?」

關於小荳荳的玩法，大致是這樣的。
只要一發現有鐵絲網的籬笆，
她就會從底下將有刺的鐵絲往上提，再挖出一個洞，
在要鑽過去之前，一定會說：「打擾了。」接著，
要出來時，就從裡面把有刺的鐵絲抬高，
說完「再見」之後，
讓屁股朝外，再慢慢鑽出去。
這時，裙子會往上捲，
內褲就會被鐵絲網鉤到啦！
聽完小荳荳的說明，媽媽終於明白了。
也更加認為校長是個真正了解小孩的大人，
才會提議讓孩子穿「耐髒耐磨的衣服」上學。

運動會

巴氏學園的運動會，總是怪招連連，
尤其是全校接力賽，最能展現巴氏學園的特色。
這裡的接力賽，在位於學校中央的禮堂前舉行。
大家從水泥階梯往上跑，再往下跑，
這樣的接力賽，在別的地方是看不到的。
每個階梯的高度，都比一般的階梯低很多，
且整體的傾斜度也不大，
由於接力賽時，必須一個階梯一個腳步，
所以，對於腳長和身材較高的孩子，
有點難。

運動會那天，
出現了讓大家跌破眼鏡的事。
那就是，每一樣競賽
（所有的競賽，
幾乎都是全校同學一起參加），
都是全校手腳最短，
身材最矮的高橋同學
得到冠軍。

譬如接力賽要爬禮堂的臺階，
當大家都笨手笨腳一步一步往前進時，
高橋同學的短腿像活塞一般，
一溜煙的爬上、衝下。
雖然大家誓言要「打敗高橋!!」
但儘管拚了命，
最後高橋同學還是拿到所有的冠軍。
高橋同學得意的翹著鼻子，
接受冠軍的榮耀，
只見喜悅全寫在他的身上。
每一個項目都冠軍，所以得獎連連。
大家都用羨慕的眼神看著他。

運動會的獎品，又很有校長的風格。

因為，第一名得到「一棵蘿蔔」，第二名得到「兩根牛蒡」，

第三名得到「一把菠菜」。

或許，校長是希望得到獎品的人，

可以在晚飯時，一邊吃著贏得的蔬菜，

一邊和家人聊聊運動會的有趣話題。

尤其，校長一定是希望

努力得到冠軍的高橋同學，

可以在蔬菜圍繞的餐桌前，

「記住這份喜悅。」

「不要忘記冠軍所帶來的那份自信。」

辮子

今天，小荳荳

請媽媽幫她編麻花辮。

媽媽用橡皮筋套住尾端，再綁上細緞帶，說：

「這樣好像高年級啊！」

小荳荳想，「萬一鬆掉就不好了！」

所以她搭電車時，頭都不敢亂動。

一到學校，同班的美代、

颯子和青木惠子都大呼：

「哇！妳綁辮子耶！」

小荳荳聽了，好得意。

吃完便當，

同班的大榮同學忽然大叫：

「咦？小荳荳的頭髮，怎麼跟平常不一樣！」

說完，來到小荳荳身邊，

沒頭沒腦的就用兩手抓起兩條辮子，唱道：

「啊，今天累了，

剛好適合向下垂。

比電車的吊環還要好拉！」

就在瞬間，小荳荳一個重心不穩，

整個人屁股著地。

接著，大榮同學想要拉小荳荳起來，

卻在笑鬧中，抓著辮子，

像運動會拔河時那樣：
「嘿——呦！嘿——呦！」
一邊叫，一邊拉。

被比喻成「吊環」已經很受傷了，
現在又跌坐在地上，
小荳荳「哇!!」一聲，
哭了。小荳荳邊哭邊走到校長室，
用力敲門。
「怎麼了？」
小荳荳先確定好自己的辮子沒有散開後，
才開口說道：
「大榮同學拉我的辮子，
還喊嘿——呦！ 嘿——呦！」
校長看了看小荳荳。細細短短的辮子，
不同於那張哭泣的臉龐，正生動有力的跳著舞呢！

校長不顧自己缺牙的嘴巴，笑了起來。

「別哭了。妳的頭髮很好看呢！」

「校長，你喜歡它嗎？」

「不錯啊！」

聽完這句話，小荳荳的淚水就停住了。

小荳荳跟校長行完禮，就跑向操場，

和大家玩了起來。而且，小荳荳當下就忘了

自己剛才哭過。

大榮同學搔搔頭，來到小荳荳前面，

用力深呼吸，大聲說道：

「對不起！剛才不該拉妳的辮子。我被校長罵了，

他說要珍惜身邊的女生，要對女生溫柔！」

小荳荳有點驚訝。

因為，她到目前為止，都沒聽過

「要對女生溫柔」這樣的論調。

每次都是男生佔優勢。

對大榮同學而言，這天一定也是大受震撼。

要對女生溫柔、親切！

這句話和這件事，一定會讓他永遠記住。

天鵝湖

小荳荳第一次被帶到日比谷公會堂，

看芭蕾舞「天鵝湖」的演出。

天鵝公主戴著閃閃發亮的小皇冠，

像真正的天鵝那樣，在空中翩翩飛舞。

音樂也非常好聽。

「我要當跳天鵝舞的芭蕾舞星。」

媽媽一點也不感到驚訝，

只是說：

「是哦？」

那一陣子，巴氏學園請來了小林校長的朋友，來教大家跳韻律舞。
媽媽拜託這位老師，在放學以後，
讓小荳荳進舞蹈教室學跳舞。

小荳荳想要早日成為跳天鵝湖的舞者，
興奮的走進舞蹈教室。
可是，這位老師的教法很與眾不同。
配合著鋼琴或錄音帶的音樂，老師告訴大家，這是「山上放晴」，
老師要大家隨意走路，走到一半，他會突然喊：
「停！」
於是，學生們就要擺出各種自創的姿勢，
並靜止不動。在老師喊「停！」的同時，
學生還要一齊喊「啊哈！」
有時，他們被要求擺出「仰望天空」的姿勢，
有時則用兩手抱住頭，
蹲下來擺出「痛苦」的樣子。

有一天，小荳荳鼓起勇氣，
來到老師的身邊，攤開手臂，
像天鵝那樣，翩翩起舞。她說：
「不教我們跳這個嗎？」
「在我這裡，不跳這個。」
……從此以後，
小荳荳就漸漸不想去這位老師的舞蹈教室了。
雖然，小荳荳也喜歡自創姿勢，
但是她更想
戴上那個閃閃發亮的小皇冠。

告別前，老師說：

「天鵝固然不錯，

但是妳難道不能喜歡自己編的舞嗎？」

這位老師叫石井漠，

是日本自由舞蹈的創始人，

在鐵路東橫線上的一個小鎮，

有個名為「自由之丘」的車站，

就是由他命名的。

當時，他是多麼的想告訴小荳荳，

「自由跳舞的快樂」。

種田的老師

「大家注意，這是今天的老師。他什麼都會教大家哦！」

校長為大家介紹的這位男老師，

穿著好特別。他的上身穿著條紋的外褂，

胸前露出裡面的針織襯衫，

沒打領帶，脖子上卻掛著一條毛巾。

藍色的木棉褲細細窄窄的，

沒穿一般的鞋子，卻穿著分趾鞋。

除此之外，頭上還戴著一頂有點破的草帽。

而小荳荳他們呢，

現在正站在九品佛的水池邊。

那位老師的臉被太陽曬得好黑。
雖然臉上有一些皺紋，
但看起來非常慈祥和藹。
我知道了！
小荳荳想起來了。

「老師，你是不是
我每次在河邊菜田看到的
那個農夫？」
「是啊！你們每次去九品佛散步時，
不都會經過我家？
現在，那塊開滿油菜花的菜田，
就是我種的。」
「哇！叔叔今天是老師嗎!?」
小荳荳一夥人，都好興奮。

一開始，種田的老師為大家介紹雜草。

他如數家珍，一一對大家說明：

「有一些雜草，會長得比作物還快。

結果，就擋住了作物的陽光。」

「雜草是許多害蟲的最佳藏身處。」

「雜草會吸收土壤的養分，很傷腦筋呢！」

接著，老師一邊實際操作，一邊說明怎麼用鋤頭鬆土，

怎麼堆出田畦，也教大家撒蘿蔔種子的訣竅，

和施肥的方法等等一些跟種田有關的注意事項。

種田的老師不僅教大家怎麼耕種，

還用生動有趣的方式，

談論著昆蟲、小鳥、蝴蝶、天氣等話題。

大家汗流浹背的在老師的帶領下，
終於完成了耕地。雖然怎麼看，都覺得……
田畦有點弱不禁風的樣子，不過……那是一塊完美的耕地。
「自己撒下的種子，發芽了。」
孩子們都很清楚，
這是一件奇妙，充滿驚奇，且滿載快樂的事。
在世界的許多地方，開始出現一些戰亂。
而這群身處和平之中，
能夠圍繞著一塊小小的耕地，
認真對話的孩子，
是何等的幸運啊！

飯盒炊飯

小荳荳放學一走出校門，嘴巴就唸唸有詞，

她三步併作兩步，走向自由之丘車站。

「等等力溪谷飯盒炊飯。」

走出車站，那位和小荳荳認識的車站叔叔說：

「回來啦！」

本來小荳荳應該要回他：「我回來了。」

但因為擔心接下來會說成：

「我回來了炊飯。」

所以她一邊揮揮右手跟叔叔再見，

一邊用左手摀住嘴巴，快步跑回家。

一回到家，小荳荳在玄關便大聲對媽媽說：
「等等力溪谷飯盒炊飯！」
沒想到，媽媽一聽就懂了。

等等力溪谷位在自由之丘前面三站的車站附近，
那兒有瀑布、小溪，以及美麗的樹林，媽媽明白了，
應該是要在那裡煮飯來吃吧！
從那一天開始，小荳荳便常黏著媽媽，
一會兒學拿菜刀，一會學拿鍋子，一會兒學習盛飯，
研究這研究那的。當中最吸引小荳荳的，
就是每當媽媽掀開鍋蓋，
叫著：「燙燙燙燙燙……」時，
就會將手快速移到自己的耳垂上。
小荳荳決定，
她也要像媽媽那樣，
在等等力溪谷飯盒炊飯時，做同樣的動作。

期待的日子終於到了。

在樹林中，校長看著孩子們，說：

「注意聽。首先，你們要用磚塊自己做竈。

然後，要分工，到溪邊洗米，

生火，煮肉湯。好了，開始囉！」

小荳荳

負責切菜和和煮肉湯。

她把大家帶來的茄子、

馬鈴薯、蔥、牛蒡等，像媽媽那樣，

切成適當的大小。

然後，她又想到可以把小黃瓜、茄子切成薄片，

用鹽漬洗後，為大家做了一道精緻小菜。

樹林裡

不時傳來孩子們的歡笑聲，

和各種鳥兒的啁啾聲。

這時，每一個熱鍋，都飄出香味。

再過不久，每一組的東西都煮好了。

校長叫大家在草地上圍成一個圓圈，

並叫每一組都將他們的鍋子、飯盒

擺到小組的前方。

結果，小荳荳那一組

要將煮好的湯端出去之前，

都在等小荳荳完成她的那個動作。

小荳荳不怎麼熟練的，

在發出：

「燙燙燙燙燙……」的聲音之後，

把兩隻手移到耳垂上，

之後才跟大家說：

「好了。」

大家都看不懂小荳荳在幹什麼，
只是趕緊將鍋子端出去。
雖然沒有人稱讚她摸耳垂的動作
「很酷。」
小荳荳卻覺得
非常滿足。

「妳真的是個好孩子！」

校長每次看到小荳荳，都會說：

「妳真的是個好孩子！」

每一次，小荳荳都會笑著回答：

「沒錯，我是好孩子！」

畢竟，她待人親切，尤其是對身體有缺陷的孩子，

她都會想要助他們一臂之力。

還有，發現動物受傷，就會拚命照顧牠。

不過，她也常常做一些

讓老師們飽受驚嚇的事。

譬如說，在校園裡散步時，
看到路上放了一張全版的報紙，
她會靈機一動，想要跳遠，
於是卯足了力快跑，
當她在報紙上頭著地時，
才曉得那是糞坑口，
咚！一聲，整個人掉了進去，
胸口以下，全浸在糞池裡。
每次遇到這些事件，
校長絕對不會通知爸爸或媽媽過來。
別的小孩闖禍也是一樣。
每一回，都是校長和學生一起解決。

如果真的是「這孩子做了不好的事」，
而且「這孩子知道自己錯在哪裡」，
校長才會要求孩子道歉認錯。

「雖然有很多人
會從不同的角度看你，
覺得妳不是一個好孩子，
但是妳真正的個性並不壞，
也有許多優點，
關於這些，
校長最清楚了。」
或許，
決定小荳荳一生
最重要的一句話，
就是小荳荳在
巴氏學園期間，

小林校長
不斷對她說的：
「小荳荳，
妳真的是個好孩子！」

破學校

放學以後，巴氏學園的學生，
又三五成群，玩起各自想玩的遊戲。
大家稱學校最後的鐘響為「趕人的鐘」，
在那個鐘響之前，
想做什麼都可以。
有的小孩在校園玩球、吊單槓，
也有人在沙坑玩得全身髒兮兮，
也有高年級的女生，
坐在樓梯口聊天的。
有人在爬樹，有人留在教室，

把燒杯煮得噗咕噗咕響，
或是拿著試管在做各種實驗，
另外，也有孩子待在
圖書室看書。
總之，每個人都很能
自得其樂。
就在這個時候，
突然從校門外
傳來有人大聲的
用「歌謠調」在唱歌。

「巴氏學園，破學校！
進到裡面，還是破學校！」
太過分了！
小荳荳想。
其他的同學也這麼認為，
所以大家全都跑到校門口。

他們看到一群
校外的男孩，
一邊大叫「破學校！耶!!」
一邊拔腿逃跑。
小荳荳非常生氣，
獨自一個人衝出校門，
追著那群男孩不放。
可是，那些孩子
跑得很快，
沒多久，
就轉進巷子，
消失得無影無蹤。

這時，小荳荳不自覺的哼著歌，唱道：

「巴氏學園，好學校！進到裡面，還是好學校！」

小荳荳對這首歌非常滿意。

所以，在回到學校時，故意唱得好大聲，

好讓大家都能聽到。

一曉得小荳荳回來了，校園裡的孩子全都出來，

開始一起大合唱。

漸漸的，大家肩並肩，

手牽手，排成一排，

開始繞著學校外圍，走了起來。

他們一邊走，一邊齊聲高唱：

「巴氏學園，好學校！進到裡面，還是好學校！」

校長在校長室裡面
豎起耳朵，
聽著大家唱這首歌，
那時的校長，
不知有多開心呢！
那一天，「趕人的鐘」
響的時間比平常都晚。

小提琴

在不知不覺間，可怕的戰爭陰影
開始出現在小荳荳他們的生活中。
每天，都會看到隔壁或住在附近的叔叔或大哥哥，
在太陽旗和「萬歲!!萬歲!!」的護送下，
從大家的眼前消失。
所有的食物，都是配給的，
至於餅乾糖果，更是不可能出現。
小荳荳曉得在回家路上的「大岡山」車站，
有一台機器放在樓梯口，
只要投錢進去，就會有太妃糖跳出來。

小盒的太妃糖要五錢，
大盒的要十錢。
可是，這台機器已經好久
都沒有放太妃糖了。
「說不定
哪裡卡住了！」
小荳荳這麼想。
所以，每天他都會
提前一站下車，
試著把五錢或十錢
丟進那台機器裡。
可是，每次都只聽到銅板

「噹！」一聲，
又原封不動的滾出來。
就在那一陣子，有人帶話給小荳荳的爸爸。
內容是說，
只要爸爸去製造兵器和
戰爭物品的軍需工廠，
用小提琴演奏軍歌，
就可以帶一些砂糖、
米或羊羹回家，
對一般人來說，
這簡直是從天上掉下來的禮物。

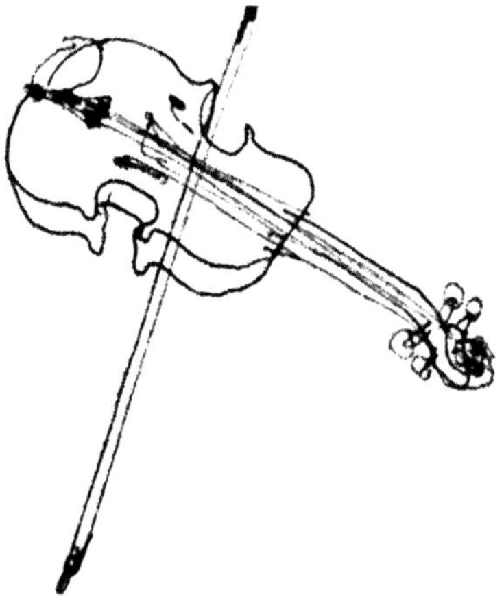

可是，爸爸卻說：
「……我不想用我的小提琴
演奏軍歌。」
爸爸覺得自己的音樂比什麼都重要。
小荳荳知道，
爸爸是真心喜歡小提琴，
他曾經為了要拉小提琴，
被家人和親戚摒拒在門外，
但是即便如此，
爸爸還是堅持要拉小提琴。
所以，小荳荳也認為，

如果不想演奏，就不要演奏。
小荳荳在爸爸的身邊，
像鳥兒般活蹦亂跳的說：
「沒關係！我還是
最喜歡爸爸的小提琴！」
第二天，小荳荳照樣
在大岡山車站下車，
就算是絕對不會有糖果跳出來，
小荳荳還是
對著太妃糖的出口，
看了又看。

一言為定

「校長，聽我說，聽我說!!」

「什麼？聽妳說什麼呢？」

小荳荳打算把她幾天前心裡面想的事，

明明白白告訴校長。

小荳荳面對著校長，規規矩矩坐好。

然後，歪了歪頭。做出一個小時候常常被媽媽稱為

「好漂亮！」的表情。

這個表情要微微露齒淺笑，一副要出門去玩的樣子。

一擺出這樣的表情，她就會充滿信心，

覺得自己是個好孩子。

「我長大以後，」

一定要當這個學校的老師。」

「一言為定囉！」

校長的表情，看起來就是真心希望小荳荳

「真的可以變成這裡的老師。」

小荳荳下定決心，她要為校長工作，

如果是為了校長，

要她做什麼她都願意。

小荳荳
在校長的面前，
伸出小指頭。
「一言為定！」
校長也伸出小指頭。
校長的小指頭
雖然很短，卻很有力，
看起來就很值得信賴。
小荳荳和校長
勾手約定。

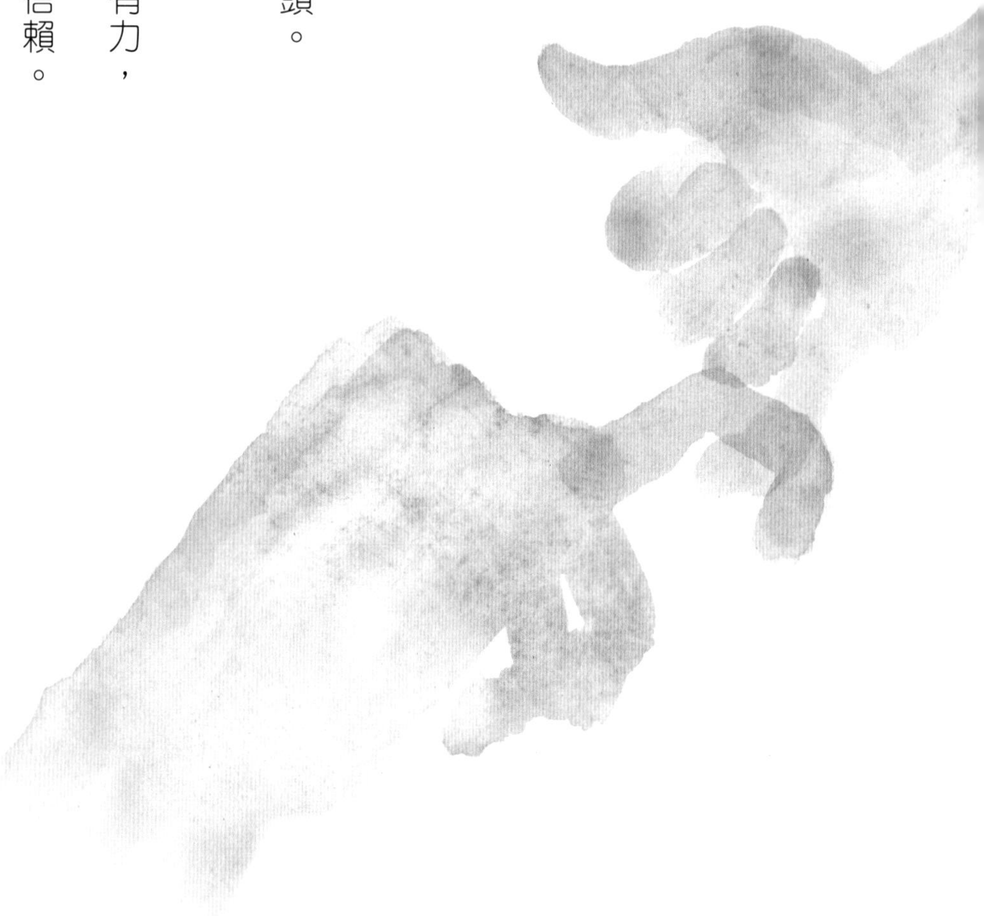

她以後要當巴氏學園的老師!!

這是一件多麼美好的事啊！

如果，我當了老師……

「我不要一天到晚都在上課，

我要帶大家多多舉辦運動會、飯盒炊飯、露營等活動，

還有，散步！」

小林校長好高興。

人們說，在可見的未來，

日本的上空將會出現美國的飛機載著炸彈出現，

就在這樣的時間點，在這個停放著電車教室的巴氏學園裡，

校長與學生，在約定十年以後的事。

再見、再見

巴氏學園被燒毀了。
那是發生在半夜的事。
從美國的轟炸機B29，
落下一顆又一顆的燒夷彈，
打在巴氏學園的電車教室上。
火勢在自由之丘到處蔓延。
校長就在這片焦土中，站在路邊，
靜靜的看著巴氏學園被火舌吞噬。
校長一邊看著火勢，

一邊對著站在身旁
已經上大學的兒子小巴說：
「喂，接下來要辦一間
什麼樣的學校呢？」
聽到小林校長這麼問，
小巴好驚訝。
小林校長對孩子們的愛，
以及對教育的熱情，
比現在包圍著學校的火焰
還要熾熱。
校長蓄意待發。

就在同時，小荳荳正在客滿的疏散電車中，

窩在大人的懷裡準備睡覺。

火車朝著東北前進。

臨別之際，校長對小荳荳說：

「我們還要再見哦！」

「妳真的是個好孩子！」

……我要永遠記得這一刻。

小荳荳看著黑漆漆的窗外，心想，

有一天，我還會再見到小林校長的。

想著想著，就安心的睡著了。

火車在一片漆黑中，載著忐忑不安的人們，

呼嘯而過。

小荳荳給大家的話

「大家是一夥的哦！」

在巴氏學園，有好幾個小孩都像泰明、高橋同學那樣，身體上都有一些缺陷，不過，校長從來沒有要我們「幫助他們。」他只會告訴我們：「大家是一夥的。大家要一起哦！」所以，孩子們不管做什麼，都是大家一起來。她從來沒有想過，要幫助對方。邀請泰明爬樹，也是因為想到他可能會想

要爬樹。搭電車和船去土肥時，也是大家手牽手，一起行動。

我長大成人以後所做的事，例如當聯合國兒童基金會的親善大使，也是因為牢牢記著校長的話，想要和世界的孩童一起做點什麼。

我把《窗邊的小荳荳》的版稅拿來成立荳荳基金會，也是因為想到耳朵聽不到的聾啞人士，應該會想要看用手語演出的戲劇。我使用手語交談、和大家一起促成劇團演出，也是因為想要和大家一起交流。現在，日本唯一的專業聾啞者劇團「日本聾者劇團」，就跟我在巴氏學園時的想法一樣，由荳荳基金會提供支援。我所做的這一切，全都來自於小林校長「大家是一夥的哦！」這句話。

如果世界上的人，都能像小林校長那樣，認為「大家是一夥的哦！」相信戰爭就會消失。藉由聯合國兒童基金會，我到非洲、亞洲各國，看到孩子們飽受飢餓、逃難之苦，甚至變成孤兒，我只要看到他們，就會想，如果小林校長看了，不知道會多傷心？大家若是能夠攜手同行就好了！我心中想著，將眼前的孩子擁入懷裡。

如果我們從小就告訴孩子：「大家是一夥的哦！」相信學校的霸凌問題也不會這麼多。至少，我希望閱讀這本繪本的讀者，能夠記得小林校長所說的「大家一起攜手合作！」並請將這樣的想法，傳承下去。請務必這麼做。這樣的話，我想小荳荳也會很開心。最後，謝謝你閱讀此書。

小荳荳　上

書中刊載頁碼	作品名稱	原始出處	創作年份
P.56-57	蔥花、小麥和孩子們		1960年代後期
P.59	枯草和孩子們	雜誌《夫人》1971年1月號	1970年
P.61	小鳥和少女	《小鳥來的那天》	1971年
P.63	怪獸遊戲	《搬來隔壁的孩子》(習作)	1970年
P.64-65	仙客來和貓	教科書《小學新國語二年級下》	1965年
P.67	和雜草玩耍的孩子們	《家庭教育3 少年期》	1966年
P.68-69	高速路和孩子們	課外讀物《小學社會1 太郎和花子》	1970年
P.71	舉手的少年和玩耍的孩子們		1970年代前期
P.73	白色剪影般的少女	明信片	1969年
P.75	小提琴和弓	《童話諸島》	1971年
P.76-77	晚霞和放風箏的孩子	課外讀物《小學社會1 太郎和花子》	1970年
P.79	托著下巴的少女	雜誌《孩子的幸福》1974年12月號	1970年
P.81	拿著紅花的少女	《嬰兒來的那天》	1969年
P.82	勾手指	《假長尾蓼的山岭》(習作)	1972年
P.84-85	火災後的廢墟	《戰火中的孩子們》(系列作品)	1973年
P.87	花	《為了出嫁的那天》	1971年
P.88-89	背書包排著隊的一年級學生	《媽媽心得》(《小學一年級》附錄)	1966年
P.91	兩朵玫瑰和兩個孩子		1970年左右
P.93	拿著蒲公英的少女	畫刊《孩子的世界》1973年5月號	1973年
封面	戴著深棕色帽子的少女		1970年代前期
封底	拿著藍色寬簷帽的少女	雜誌《孩子的幸福》1969年9月號	1969年
扉頁	肥皂泡中的公主	雜誌《廣場》1969年夏季號42	1969年
封套正面	拿著葡萄的少女	畫刊《孩子的世界》1973年10月號	1973年
封套背面	梳辮子少女的背影	雜誌《孩子的幸福》1970年9月號	1970年

※以上作品在刊載時，只使用局部或加以修飾。

本書收錄岩崎知弘畫作一覽表

書中刊載頁碼	作品名稱	原始出處	創作年份
P.1	注視著搬家卡車的少女	《搬來隔壁的孩子》	1970 年
P.2-3	夜	《搬來隔壁的孩子》（習作）	1970 年
P.5	夏夜的白花和孩子	雜誌《孩子的幸福》1969 年 7 月號	1969 年
P.7	十五夜	雜誌《孩子的幸福》1972 年 9 月號	1972 年
P.9	藏在玫瑰花後的孩子	雜誌《孩子的幸福》1972 年 5 月號	1972 年
P.10-11	抬腿做操的孩子們	《家庭教育 3 少年期》	1966 年
P.13	夏天的草叢	雜誌《孩子的幸福》1973 年 8 月號	1973 年
P.15	雙腿交叉戴蝴蝶結的少女	廣告	1960 年代
P.17	奔跑的孩子們	雜誌《孩子的幸福》1969 年 12 月號	1969 年
P.18	賽跑	課外讀物《小學社會 1 太郎和花子》	1970 年
P.19	跌倒的少年	課外讀物《小學社會 1 太郎和花子》	1970 年
P.21	渾身泥巴的少年	《培養強壯的孩子》	1970 年
P.23	男孩的側臉	課外讀物《小學社會 1 太郎和花子》（習作）	1970 年
P.25	穿粉紅衣的少女		1970 年
P.27	趴在桌上的梳辮子少女		1960 年代
P.29	梳辮子少女的背影	雜誌《孩子的幸福》1970 年 9 月號	1970 年
P.31	在春天原野猜拳的孩子	課外讀物《小學社會 1 太郎和花子》	1970 年
P.33	春天的庭院	日曆 -1970 年版 4 月	1969 年
P.35	肥皂泡中的公主	雜誌《廣場》1969 年夏季號 42	1969 年
P.36-37	跳起舞來踏踏踏	《音樂書 10》	1969 年
P.39	跳起舞來踏踏踏	《音樂書 10》	1969 年
P.41	在水上跳舞的兩個人	《兩個人的舞會》	1968 年
P.43	五個少女	《育兒百科》	1967 年
P.44	油菜花和白蝴蝶	教科書《小學新國語三年級上》	1969 年
P.46	凝神注視的孩子們	雜誌《孩子的幸福》1969 年 4 月號	1969 年
P.49	春天的花和孩子	日曆 -1971 年 4.5.6 月	1970 年
P.51	四個孩子	《家庭教育 3 少年期》	1966 年
P.53	做飯的母親和女孩	廣告	1960 年代後期
P.55	抱著鍋的少年和少女		1971 年

經典故事坊22

繪本 **窗邊的小荳荳 2**

作　　者｜黑柳徹子（Tetsuko KUROYANAGI）
繪　　者｜岩崎知弘（Chihiro IWASAKI）
譯　　者｜林真美

責任編輯｜張文婷
美術設計｜蕭雅慧
行銷企劃｜林育菁

天下雜誌群創辦人｜殷允芃
董事長兼執行長｜何琦瑜
媒體暨產品事業群
總 經 理｜游玉雪　副總經理｜林彥傑
總 編 輯｜林欣靜　行銷總監｜林育菁
副 總 監｜李幼婷　版權主任｜何晨瑋、黃微真

出版者｜親子天下股份有限公司
地　址｜台北市 104 建國北路一段 96 號 4 樓
電　話｜（02）2509-2800　傳真｜（02）2509-2462
網　址｜ www.parenting.com.tw
讀者服務專線｜（02）2662-0332　週一～週五：09:00~17:30
讀者服務傳真｜（02）2662-6048
客服信箱｜ parenting@cw.com.tw
法律顧問｜台英國際商務法律事務所・羅明通律師
製版印刷｜中原造像股份有限公司
總經銷｜大和圖書有限公司　電話：（02）8990-2588

出版日期｜ 2015 年 7 月第一版第一次印行
　　　　　2024 年 8 月第一版第十二次印行
定　　價｜ 750 元（全套兩冊不分售）
書　　號｜ BKKCF022Y
I S B N ｜ 978-986-92013-7-7（精裝）

訂購服務
親子天下 Shopping ｜ shopping.parenting.com.tw
海外・大量訂購｜ parenting@cw.com.tw
書香花園｜台北市建國北路二段 6 巷 11 號　電話（02）2506-1635
劃撥帳號｜ 50331356 親子天下股份有限公司

作者 **黑柳徹子**

日本知名作家、演員、電視節目主持人。生於東京。東京音樂大學聲樂系畢業後，加入 NHK 放送劇團，持續活躍於舞台表演。經年主持談話性電視節目「徹子的房間」，是日本最長壽的電視節目。其自傳故事《窗邊的小荳荳》1981 年出版，已累積銷售千萬冊，為日本史上最暢銷書，已被翻譯成 35 種語言。設立社會福祉法人荳荳基金會，支持成立專業的聾啞劇團。曾為聯合國兒童基金會親善大使，參與多項對社會有貢獻的活動。現為知弘美術館（東京・安曇野）館長。

繪者 **岩崎知弘**

1918 年生於日本福井縣，在東京長大。畢業於東京府立第六高等女學校。所學書法為藤原形成流派，曾拜岡田三郎助、中谷泰、丸木俊等人為師學畫。兒童是她畢生繪畫的主題，技法融合西方水彩和東方傳統繪畫技巧，細膩且風格獨具，曾獲小學館兒童文化賞、波隆納國際兒童書展插畫獎、德國萊比錫國際圖書設計展銅牌獎等榮譽。代表作有：《洗澡啦！》（維京國際出版）、《戰火中的孩子》（青林出版）、《下雨天看家》等。1974 年過世，留下超過 9400 張的作品。原來的畫室兼住家於 1977 年成為東京知弘美術館。1997 年，長野縣安曇野知弘美術館開館。
知弘美術館網址：http://www.chihiro.jp/

譯者 **林真美**

日本國立御茶之水兒童學碩士。推廣親子共讀繪本多年，為「小大讀書會」之發起人。目前在大學兼課，講授「兒童文學」、「兒童文化」等課程，近年並致力於「兒童權利」之推廣。策劃及翻譯繪本有【大手牽小手】（遠流出版）；【和風繪本系列】（青林國際出版）；【美麗新世界】、《小象散步》、《河馬先生》、《來跳舞吧》（親子天下出版）等逾百本。著有《在繪本花園裡》（遠流出版）、《繪本之眼》（親子天下出版）。